Jorge el curioso
vuela una cometa
Curious George
Flies a Kite

MARGRET REY

Pictures by   Ilustraciones de

H. A. REY

Spanish translation by   Traducido por

Victory Productions

Houghton Mifflin Harcourt Publishing Company
Boston New York 2012

www.hmhbooks.com

Library of Congress Cataloging-in-Publication Data Control Number 58-8163

ISBN 978-0-395-16965-0 hardcover
ISBN 978-0-395-25937-5 paperback
ISBN 978-0-547-72045-6 bilingual hardcover
ISBN 978-0-547-69162-6 bilingual paperback
Printed in Singapore
TWP 10 9 8 7 6 5 4 3 2 1
4500333114

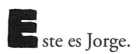

This is George.

He lives in the house
of the man with the yellow hat.

George is a little monkey,
and all monkeys are curious.

But no monkey is as
curious as George.

That is why his name is
Curious George.

Este es Jorge.

Jorge vive en casa
del señor del sombrero amarillo.

Jorge es un monito
y todos los monitos son curiosos.

Pero no hay monito
más curioso que Jorge.

Por eso se llama
Jorge el curioso.

"I have to go out now," said
the man with the yellow hat.
"Be a good little monkey till
I come back.
    Have fun and play with
your new ball, but do not
be too curious."
    And the man went out.

—Tengo que salir
—dijo el señor del sombrero amarillo—.
    Pórtate bien hasta que regrese.
    Diviértete jugando
con tu pelota nueva,
pero no seas muy curioso.
    Y el señor salió.

It was a lot
of fun for George
to play with his
big new ball.
    The ball went up,
and George went up,

and the ball went down,
and George went down.

Era
muy divertido
para Jorge jugar con
su pelota nueva y grande.
    La pelota subía
y Jorge subía,

la pelota bajaba
y Jorge bajaba.

George could
do a lot of tricks
with his ball too.
This was one
of the tricks.
He could get up
on the ball like this.

Jorge también
podía hacer
muchos trucos
con su pelota.
Este era uno
de los trucos.
Podía pararse en
la pelota, así.

Or do it this way,
with his head down.

O hacerlo de cabeza,
de esta manera.

This was another
trick George could do.
He could hold
the ball on his head,
like this.

Este era otro
truco que Jorge
podía hacer.
Podía sostener
la pelota sobre
su cabeza, así.

Look—no hands.
What a good trick!
But—but where did
the ball go?

Mira, sin manos.
¡Qué buen truco!
Pero, ¿adónde se fue
la pelota?

George ran after it.
The ball had gone
into another room.

Jorge salió tras ella.
La pelota se había ido
a otro cuarto.

There was a big
window in the room.
　George liked to look
out of that window.
　He could see
a lot from there.
　He let the ball go
and looked out.

Había
una ventana grande
en el cuarto.
　A Jorge la gustaba
mirar por esa ventana.
　Podía ver muchas cosas
desde ahí.
　Dejó la pelota
y miró hacia fuera.

George could
see Bill on his
bike and the lake
with a boat on it.
George could see
a big house in a
little garden
and a little house
in a big garden.
The big house
was the house
where Bill lived.

Jorge podía ver a
Bill en su bicicleta
y un bote en el lago.
Jorge podía ver
una casa grande
con un jardín pequeño
y una casa pequeña
con un jardín grande.
La casa grande
era la casa donde vivía Bill.

But who lived in the
little house?

George was curious.

Who could live in a house
that was so little?

¿Pero quién vivía
en la casa pequeña?

Jorge sintió curiosidad.

¿Quién podía vivir en una casa
tan pequeña?

George had to find out,
so he went to the big garden.
The garden had a high wall,
but not too high for a monkey.
George got up on the wall.

Jorge tenía que averiguarlo,
así que fue al jardín grande.
El jardín tenía un muro alto,
pero no demasiado alto para un mono.
Jorge trepó el muro.

All he had to do now was jump down—so George jumped down into the big garden.

Ahora lo único que tenía que hacer era saltar… Así que Jorge saltó al jardín grande.

Now he could take a good look at the
little house.

And what did he see?

A big white bunny and a lot of little
bunnies.

George looked and looked and looked.

Bunnies were something new to him.

How funny they were!

Ahora podía mirar bien la casa pequeña.

¿Y qué vio?

Una coneja blanca y grande y muchos conejitos.

Jorge miró, miró y miró.

Para él, los conejos eran algo nuevo.

¡Qué graciosos eran!

The big bunny was Mother Bunny.

She was as big as George.

But the little bunnies were so little that George could hold one of them in his hand, and that is what he wanted to do.

La coneja grande era la Mamá conejo.

Era tan grande como Jorge.

Pero los conejitos eran tan pequeños que Jorge podía sostener uno en su mano, y eso era lo que quería hacer.

How could he get a bunny out of the house?

A house must have a door to get in and to get out.

But where was the door to the bunny house?

Oh—there it was! George put his hand in and took out a baby bunny.

¿Cómo podía sacar un conejito de la casa?

Una casa debe tener una puerta por la que entrar y salir.

¿Pero dónde estaba la puerta de la conejera?

¡Oh, ahí estaba! Jorge metió la mano y sacó un bebé conejito.

What fun it was to hold a baby bunny!

And the bunny did not mind.

It sat in his hand, one ear up and one ear down, and looked at George, and George looked back at it.

¡Qué divertido era sostener un bebé conejito!

Y al conejito no le importaba.

Se sentó en su mano con un oreja levantada y otra caída y miró a Jorge; y Jorge lo miró a él.

Now he and the bunny
could play in the garden.
They could play a game.
They could play Get the Bunny.
George would let the bunny
hop away, and then he would
run after it and get it back.
George put the bunny down.

Ahora él y el conejito
podían jugar en el jardín.
Podían jugar a un juego.
Podían jugar a
"Atrapa al conejito".
Jorge podía dejar que
el conejito se fuera saltando
y luego podía perseguirlo
y atraparlo.
Jorge puso al conejito
en el suelo.

Luego le dio la espalda.
Uno, dos, ¡corre!
El conejito salió disparado.

Then he looked away.
One—two—run!
The bunny was off like a shot.

George did not look.
Now he had to wait a little.
One—two—three—four—he waited.

Jorge no miró.
Ahora debía esperar un momento.
Uno, dos, tres, cuatro… esperó.

Then George looked up.
Where was the bunny?
He could not see it.
Where was it?
Where had it gone?
George looked for it here,
and he looked for it there.
He could not find it.

Entonces Jorge miró.
¿Dónde estaba el conejito?
No lo veía.
¿Dónde estaba?
¿Adónde había ido?
Jorge lo buscó por aquí
y lo buscó por allá.
No lo podía encontrar.

Where was thc bunny?

It could not get out of
the garden.

It could not get up the wall
the way George could.

It could not fly away.

It had to be here— but
it was not.

The bunny was gone,
and all the fun was gone too.

¿Dónde estaba el conejito?

No podía salir del jardín.

No podía trepar por el muro
como Jorge.

No podía volar.

Tenía que estar aquí, pero
no estaba.

El conejito había desaparecido
y también toda la diversión.

Bad monkey
Monito malo

George sat down.

He had been a bad little monkey.

Why was he so curious?

Why did he let the bunny go?

Now he could not put it back into the bunny house where it could be with Mother Bunny.

Mother Bunny—George looked up.

Why, that was it!

Mother Bunny could help him!

Jorge se sentó.

Había sido un monito malo.

¿Por qué era tan curioso?

¿Por qué dejó que se fuera el conejito?

Ahora no podía volver a meter al conejito en la conejera para que estuviera con Mamá conejo.

Mamá conejo, Jorge la buscó.

Claro, ¡eso era!

¡Mamá conejo podía ayudarlo!

George got up.
He had to have some string.
Maybe there was some in the garden.
Yes, there was a string and a
good one too.
George took the string and went
back to the bunny house.

Jorge se levantó.
Necesitaba una cuerda.
Tal vez había alguna en el jardín.
Sí, allí había una cuerda y era
muy buena.
Jorge tomó la cuerda y regresó a la
conejera.

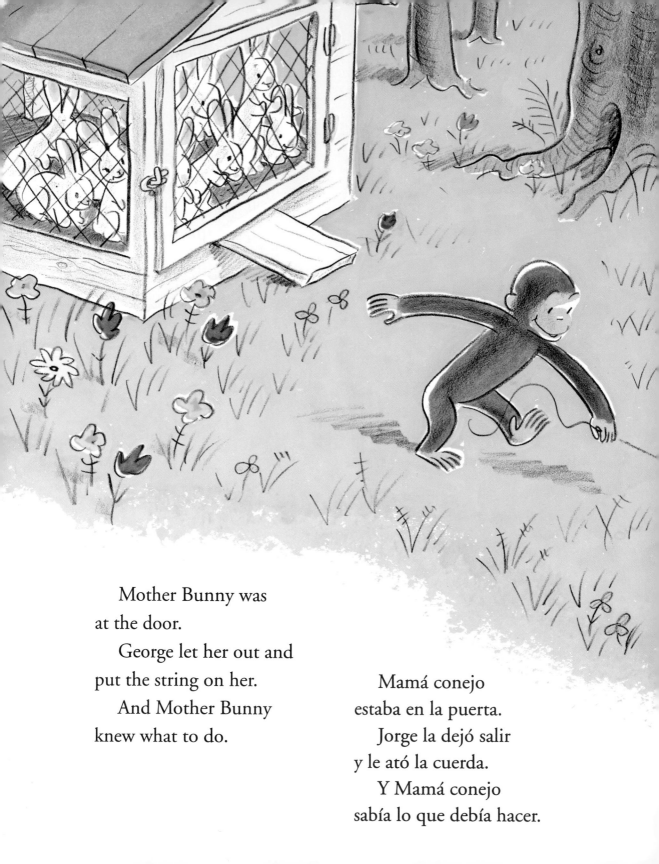

Mother Bunny was
at the door.
George let her out and
put the string on her.
And Mother Bunny
knew what to do.

Mamá conejo
estaba en la puerta.
Jorge la dejó salir
y le ató la cuerda.
Y Mamá conejo
sabía lo que debía hacer.

Away she went with her
head down and her ears up.
All George could do was
hold the string and run
after her.

Se alejó con la cabeza baja
y las orejas levantadas.
Lo único que Jorge podía
hacer era sostener la cuerda
y correr detrás de ella.

And then Mother Bunny sat down.

She saw something, and George
saw it too.

Something white that
looked like a tail, like the
tail of the baby bunny.

And that is what it was!

But where was the rest
of the bunny?

Entonces Mamá conejo se sentó.

Ella vio algo
y Jorge también lo vio.

Algo blanco
que parecía una colita,
como la colita del bebé conejito.

¡Y eso es lo que era!

¿Pero dónde estaba
el resto del conejito?

It was down in a hole.

A bunny likes to dig a hole and then go down and live in it.

But this bunny was too little to live in a hole.

It should live in a bunny house.

So George got hold of the little white tail and pulled the baby bunny out.

Estaba en un agujero.

A los conejitos les gusta cavar un agujero para meterse a vivir en él.

Pero este conejito era muy pequeño para vivir en un agujero.

Debía vivir en una conejera.

Así que Jorge tomó la colita blanca y jaló para sacar al bebé conejito.

Then they all ran back to the
bunny house.

George did not have to put a string
on the baby bunny.

Luego todos regresaron corriendo
a la conejera.

Jorge no tuvo que atarle una cuerda
al conejito.

It ran after its mother all the way home.
George took the string off Mother Bunny
and helped them back into the house.

Este corrió detrás de su mamá
todo el camino a casa.
Jorge le quitó la cuerda
a Mamá conejo y los ayudó a
entrar de vuelta en la conejera.

Then Mother Bunny
and all the little ones lay
down to sleep.

George looked at them.

It was good to see the baby bunny
back where it should be.

And now George would go
back to where he should be.

Mamá conejo y todos
los conejitos se acostaron a dormir.

Jorge los miró.

Era bueno ver al bebé conejito
de vuelta en el lugar donde debía estar.

Y ahora Jorge podría regresar
al lugar donde él debía estar.

When he came to the wall,
he could see something funny
in back of it.
    George got up on the wall
to find out what it was.

    Cuando llegó al muro, pudo ver
algo curioso detrás de él.
    Jorge trepó el muro para ver qué era.

He saw a long string
on a long stick.
    A fat man had the
long stick in his hand.
    What could the man do
with a stick that long?
    George was curious.

Vio una cuerda larga
en una vara larga.
    Un señor gordo sostenía
la vara larga en su mano.
    ¿Qué podía estar haciendo el señor
con una vara tan larga?
    Jorge sintió curiosidad.

The fat man was
on his way to the lake,
and soon George was
on his way to the lake too.

El señor gordo
iba de camino al lago
y pronto Jorge también
iba de camino al lago.

The man took a hook
out of his box, put it
on a string and then put
something on the hook.

El señor sacó un anzuelo
de su caja, lo ató a la cuerda
y le puso algo al anzuelo.

Then the man let the
string down into the water
and waited.

Now George knew!

The string on the stick was
to fish with.

Entonces el señor dejó que
la cuerda se hundiera en el agua
y esperó.

¡Ahora Jorge lo sabía!

La cuerda en la vara era para
pescar.

When the man pulled the string out of the water, there was a big fish on the hook.

George saw the man pull one fish after another out of the lake, till he had all the fish he wanted.

Cuando el señor sacó la cuerda del agua, había un pez grande en el anzuelo.

Jorge vio como el señor sacaba del lago un pez tras otro hasta que tuvo todos los que quería.

What fun
it must be to fish!
    George wanted to fish too.
    He had his string.
    All he needed was a stick, and he
knew where to get that.
    George ran home as fast as he could.

¡Qué divertido sería pescar!
Jorge también quería pescar.
Tenía una cuerda.
Todo lo que necesitaba era una vara,
y sabía dónde conseguirla.
Jorge corrió a casa tan rápido como pudo.

In the kitchen he took the mop
off the kitchen wall.
  The mop would make a good stick.
  Now George had the string and the stick.
  He was all set to fish.

En la cocina tomó la fregona que
estaba colgada en la pared.
  La fregona sería una buena vara.
  Ahora Jorge tenía la cuerda y la vara.
  Estaba listo para pescar.

Or was he?

Not yet.

George had to have a hook and on the hook something that fish like to eat.

Fish would like cake, and George knew where to find some.

But where could he get a hook?

Why—there was a hook for the mop on the kitchen wall!

It would have to come out.

¿Lo estaba?

Todavía no.

Jorge tenía que conseguir un anzuelo y colocar en el anzuelo algo que a los peces les gustara comer.

A los peces les gustaba la tarta y Jorge sabía dónde encontrarla.

¿Pero dónde conseguiría un anzuelo?

¡Claro, había un gancho para la fregona en la pared de la cocina que podía servir de anzuelo!

Tenía que sacarlo.

With the hook
on the string
and the string
on the stick
and the cake
in the box
in his hand,
George went back
to the lake.

Con el anzuelo
en la cuerda,
la cuerda
en la vara
y la tarta
en la caja
que estaba en su mano,
Jorge regresó
al lago.

George sat down,
put some cake on the hook,
and let the line down into the water.
   Now he had to wait,
just as the man had waited.
   George was curious.

Jorge se sentó, puso un trozo
de tarta en el anzuelo y dejó caer
la cuerda en el agua.
   Ahora debía esperar,
así como el señor había esperado.
   Jorge sintió curiosidad.

The fish were curious too.
All kinds of fish came
to look at the line,
big fish and little fish,
fat fish and thin fish,
red fish and yellow fish and blue fish.
One of them was near the hook.
The cake was just what he wanted.

Los peces también tenían curiosidad.
Toda clase de peces se acercaron,
peces grandes y pequeños,
peces gordos y delgados,
peces rojos, amarillos y azules.
Uno de ellos estaba cerca del anzuelo.
La tarta era justo lo que quería.

George sat and waited.
Then the line shook.
There must be a fish on the hook.

Jorge se sentó y esperó.
La cuerda se sacudió.
Debe haber un pez en el anzuelo.

George pulled the line up.

The cake was gone, but
no fish was on the hook.

Too bad!

George put more cake on the hook.

Maybe this time he would get a fish.

But no!

The fish just took the cake
off the hook and went away.

Jorge tiró de la cuerda.

La tarta había desaparecido pero
no había ningún pez en el anzuelo.

¡Lástima!

Jorge puso más tarta en el anzuelo.

Tal vez esta vez podría pescar un pez.

¡Pero no fue así!

El pez simplemente tomó la tarta
del anzuelo
y se fue nadando.

Well, if George
could not get the fish,
the fish would not get the cake.
George would eat it.
He liked cake too.
He would find another way
to get a fish.

Bien, pues si Jorge
no podía pescar un pez,
el pez no podría pescar la tarta.
Jorge se la comería.
A él también le gustaba la tarta.
Encontraría otra manera
de pescar un pez.

George looked into the water.
    That big red one there
with the long tail!
    It was so near,
maybe he could get it
with his hands.

Jorge miró dentro del agua.
    ¡Ese pez rojo y grande
con la cola larga!
    Estaba tan cerca,
tal vez podría atraparlo
con sus propias manos.

George got down
as low as he could,
and put out his hand.

Jorge se agachó
tanto como pudo
y estiró la mano.

SPLASH!
Into the lake he went!

¡PAF!
¡Cayó en el lago!

The water was cold and wet
and George was cold and wet too.
This was no fun at all.

El agua estaba fría y húmeda
así que Jorge sintió frío y se mojó.
Esto no era nada divertido.

When he came out of the water,
Bill was there with his kite.
"My, you are wet!" Bill said.
"I saw you fall in, so I came
to help you get out.
Too bad you did not get a fish!
But it is good the fish did
not get you."

Cuando salió del agua, Bill estaba allí
con su cometa.
—¡Oh, estás empapado! —dijo Bill—.
Vi que te caíste y vine a ayudarte a salir.
¡Qué lástima que no pescaste un pez!
Pero qué bien que el pez no te pescó a ti.

"Now I can show you how high my kite can fly," Bill went on.

Bill put his bike up near a tree and then they ran off.

—Ahora puedo mostrarte lo alto que vuela mi cometa, —continuó Bill.

Bill puso su bicicleta junto a un árbol y se alejaron corriendo.

There was a lot of wind that day,
and that was just what they needed.
The wind took the kite up fast.
George was too little to
hold it in this wind.

Había mucho viento ese día
y eso era justo lo que necesitaban.
El viento levantó la cometa rápidamente.
Jorge era muy pequeño
para sostenerla con ese viento.

A kite that big could fly
away with him.
So Bill had to hold it.
George saw the kite go
up and up and up.
What fun it was to fly a kite!

Una cometa así de grande
podía llevárselo volando.
Por eso Bill tuvo que sujetarla.
Jorge vio que la cometa
subía, subía y subía.
¡Qué divertido era volar una cometa!

They let the kite fly
for a long time till Bill said,
    "I will get the kite down now.
    I must go home and
you should too."
    But when Bill pulled the string in,
the kite got into the top
of a high tree.
    Bill could not get it down.

Volaron la cometa
por un largo rato hasta que Bill dijo:
    —Voy a bajar la cometa.
    Debo regresar a casa
y tú también.
    Pero cuando Bill tiró de la cuerda,
la cometa se enredó en la cima
de un árbol alto.
    Bill no podía bajarla.

"Oh, my fine new kite!
I can not let go of it.
I must have it back,"
Bill said.
   "But the tree
is too high for me."
   —¡Oh no, mi cometa nueva!
   No la puedo dejar ahí.
   Tengo que bajarla,
—dijo Bill—.
   Pero el árbol
   es demasiado alto para mí.

But no tree was too
high for George.
He went up to the top
in no time.

Pero no había árbol
demasiado alto para Jorge.
En un dos por tres
se subió hasta la cima.

Luego, poco a poco,
desenredó la cuerda
de las ramas del árbol.

Then, little by little,
he got the string out
of the tree.

Down he came
with the kite and gave
it back to Bill.

Y bajó
con la cometa
y se la devolvió
a Bill.

"Thank you, George, thanks a lot,"
Bill said. "I am so happy to have
the kite back.

Now you may have
a ride home on my bike.

I will run back to the lake
and get it.

You wait here for me
with the kite, but do
not let it fly away."

—Gracias Jorge, muchas gracias,
—dijo Bill—. Me alegra mucho
tener de vuelta mi cometa.

Ahora puedo llevarte a casa
en mi bicicleta.

Voy a correr de vuelta al lago
a buscarla.

Espérame aquí
con la cometa, pero
no dejes que se vaya volando.

George looked at the kite.
Then he took the string in his hand.
He knew he could not fly the kite
in this wind, but maybe he could
let it go up just a little bit.
George was curious.
He let the string go a little,
and then a little more,
and then a little more,
and then a little more.

Jorge miró la cometa.
Entonces tomó la cuerda
en sus manos.
Sabía que no podía volar
la cometa con este viento,
pero tal vez podía dejarla subir
un poquito.
Jorge sintió curiosidad.
Soltó un poco la cuerda
y luego otro poco,
luego otro poco
y otro poco.

When Bill came back,
there was no kite and
there was no George.
 "George!" he called.
 "Where are you?"

Cuando Bill regresó,
no estaban ni la cometa
ni Jorge.
 —¡Jorge! —llamó—.
 ¿Dónde estás?

Then he looked up.

There they were, way
up in the sky!

Bill had to get help fast.

He would go to the man
with the yellow hat.

The man would know
what to do.

Luego miró hacia arriba.

¡Allí estaban, en lo alto del cielo!

Bill debía conseguir ayuda
rápidamente.

Iría a buscar al señor
del sombrero amarillo.

Él sabría qué hacer.

"George is not here," said the man
with the yellow hat when Bill came.
"Have you seen him?"
"George and my kite are up in the sky
near the lake," Bill shouted. "I came to . . ."

—Jorge no está aquí —dijo el señor
del sombrero amarillo cuando llegó Bill—.
¿Lo has visto?
—Jorge y mi cometa van por los aires
cerca del lago, —gritó Bill—. Vine a . . .

But the man did not wait
to hear any more.
He ran to his car and jumped in.
"I will get him back," he said.
"I must get George back."

Pero el señor no esperó
a escuchar más.
Corrió y se metió en su coche.
—Lo traeré de vuelta —dijo—.
Tengo que traer de vuelta a Jorge.

All this time
the wind took the kite up
and George with it.

It was fun to fly about
in the sky.

But when George looked down,
the fun was gone.

He was up so high that all
the big houses looked as
little as bunny houses.

George did not like it a bit.

He wanted to get down, but how?

Durante todo este tiempo,
el viento se había llevado
la cometa y a Jorge con ella.

Era divertido ir volando por el
cielo.

Pero cuando Jorge miró hacia
abajo, la diversión desapareció.

Estaba tan alto que todas las
casa grandes se veían tan pequeñas
como las conejeras.

A Jorge esto no le gustó nada.

Se quería bajar pero, ¿cómo?

Not even a monkey
can jump from the sky.
George was scared.
What if he never got back?
Maybe he would fly on and
on and on.
Oh, he would never, never
be so curious again, if just
this one time he could find
a way to get home.

Ni siquiera un mono
puede saltar desde el cielo.
Jorge tuvo miedo.
¿Y si no pudiera regresar
nunca más?
Tal vez volaría y volaría
para siempre.
Oh, nunca, nunca más
volvería a ser tan curioso
si tan solo esta vez pudiera
encontrar la manera de
regresar a casa.

Hummmmm—hummmmm.
What was that?
George could hear something,
and then he saw something fly
in the sky just like a kite.

Chapchapchapchap-chapchapchapchap.
¿Qué es eso?
Jorge pudo escuchar algo y luego
vio que algo volaba en el cielo
como la cometa.

Era un helicóptero
y en el helicóptero estaba el señor
del sombrero amarillo. ¡Viva!

It was a helicopter,
and in the helicopter,
hurrah, was the man
with the yellow hat!

Down from
the helicopter
came a long line.
    George got hold of it,
and the man with the yellow hat
pulled him up.
    George held on to the kite,
for he had to give it back to Bill.

            Del helicóptero
        bajó una cuerda larga.
            Jorge la tomó y el señor
        del sombrero amarillo lo subió.
            Jorge sostuvo la cometa
        porque se la debía devolver a Bill.

"I am so happy to have
you back, George,"
said the man with the yellow hat.
   "I was scared, and you must
have been scared too.
   I know you will not want
to fly a kite again for a
long, long time.
   You must give it back to Bill
when we get home."

—Estoy tan feliz de tenerte
de nuevo, Jorge, —dijo el señor
del sombrero amarillo—.
   Estaba asustado y tú también
debías estar asustado.
   Sé que no vas a querer
volar una cometa de nuevo
durante mucho, mucho tiempo.
   Se la debes devolver a Bill
cuando regresemos a casa.

"Hurrah!" Bill shouted
when George came to
give him the kite.
"George is back,
and my kite is back too!"

—¡Viva! —gritó Bill
cuando Jorge vino a
devolverle la cometa—.
¡Jorge regresó
y también mi cometa!

And then Bill took
George by the hand
and went with him
into the little garden,

Y entonces Bill tomó
de la mano a Jorge
y se fue con él
al jardín pequeño,

and from the little garden into
the big garden, where
the bunny house was.

y del jardín pequeño
al jardín grande,
donde estaba la conejera.

"Here is one of my baby bunnies,"
Bill said.

"Take it, it is for you!"

A baby bunny for George!

—Aquí tienes uno de mis bebé conejitos
—dijo Bill—. ¡Llévatelo, es para ti!

¡Un bebé conejito para Jorge!

Jorge lo tomó en sus manos
y lo levantó bien alto.
Ahora era SU conejito.
Se lo podía llevar a casa.

George took it in his hands and
held it way up.
It was HIS bunny now.
He could take it home with him.

And that is
what he
did.

Y eso fue
lo que
hizo.